EL COBARDE MÁS VALIENTE

Tirso de Molina

Copyright del texto © 2023 Culturea ediciones
Sitio web : http://culturea.fr
Impresión: BOD - Books on Demand (Norderstedt, Alemania)
Correo electrónico : infos@culturea.fr
ISBN :9791041938438
Depósito legal : abril 2023

PERSONAS QUE HABLAN EN ELLA:

- **MARTÍN** Peláez
- **PAYO** Peláez
- **BOTIJA,** lacayo
- **El REY**
- **BERMUDO**
- **NUÑO**
- **El CID**
- **ÁLVAR** Fáñez
- **SANCHA**
- **MUZA**
- **ABENÁMAR.** el rey moro
- **ÁLVARO,** criado
- **ORDOÑO**
- **LIDORO**
- **PEDRO** Bermúdez
- **AMETE**
- **CALÍN**
- **Unos MOROS**

JORNADA PRIMERA

*Salen MARTÍN Peláez, PAYO
Peláez, ÁLVARO, criado, y BOTIJA, villano*

PAYO: ¿Hasta cuándo pretendías
afrentar nuestras montañas,
pues al sol de otras hazañas
lucen en ti valentías?
     ¿Tú eres mi hijo? No aguardes
que te dé tal nombre aquí,
que no han de llamarme a mí
padre de hijos cobardes.
     Tienes fuerzas superiores
al más robusto león,
y siempre tus hechos son
regalos, gustos y amores.
     Cuando gano para ti
labrando el campo sustento,
marcha tú al campo sangriento
por blasones para mí.
     ¿No ves que parece mal
un necio entre hombres discretos,
entre avarientos sujetos
al oro, el que es liberal?
     Pues ¿qué pretendes, Martín,
entre montañeses fieros,
tan nobles como guerreros?
Vete con Nuño y Laín,
     tus primos, que con tu tío
el Cid, su fama acreditan,
cuyas hazañas incitan
a un mármol helado y frío.
MARTÍN: Yo no estoy acostumbrado
a ver paveses y cotas.
PAYO: Pues ¿a qué?
MARTÍN: A buscar bellotas.
PAYO: Principio tiene el soldado.

El Cid te dará valor.
BOTIJA: ¿Y si no quiere tomallo?
PAYO: Traelde luego el caballo
Y las corazas.

Va ÁLVAR por ella

MARTÍN: Señor,
       ¿quieres que me maten luego?
BOTIJA: (Lástima le tengo al pobre,   **Aparte**
       que cuando fuerza le sobre
       a verle cobarde llego.)
PAYO: ¿En los demás no es igual
       el peligro de la vida?
MARTÍN: Padre, y ¿despúes de perdida?
BOTIJA: (¡No ha preguntado muy mal   **Aparte**
       el mozo!
PAYO: Siendo por Dios
       y por su rey, no se pierde.
BOTIJA: Pues yo he visto, Dios me acuerde,
       y aun sois buen testigo vos,
       a un ciento y más de soldados
       cantarles *requiem amén.*
MARTÍN: Dice Botija muy bién.
PAYO: Pues iréis acompañados
       los dos.
BOTIJA: (Ya cantó el cuquillo **Aparte**
       por mí.) ¿En qué pequé, señor,
       que no conozco a Almanzor
       sino es para servillo?
PAYO: Allá le conoceréis
       cuando con Martín salgáis
       al campo.
MARTÍN: En poco estimáis
       a un hijo.
PAYO: Bien lo sabéis.
       La guerra os despertará
       adonde echaréis de ver
       que en ella os puedo querer

cuando os aborrezco acá.
BOTIJA: ¿Qué ha de echar de ver, señor?
Eso al amor contradice,
que el santo evangelio dice
que nos tengamos amor.
   Nuestro Señor Jesucristo
dice también en su historia
Yo tengo linda memoria.
PAYO: ¿Qué dice?
BOTIJA: Pues ¿no lo ha visto?
   Que el que el peligro buscare
muera muerte supetaña.
PAYO: ¡Hay simpleza más extraña!
De quien el alma arriesgare,
   habla Dios, del cuerpo no,
cuando por él se aventura
la vida.
BOTIJA: Mucho me apura.
Como me quedara yo,
   diera por buena la ida.

Sale ÁLVAR con las armas

ÁLVARO: Las armas están aquí.
PAYO: ¿Trajiste el caballo?
ÁLVARO: Sí.
BOTIJA: ¿Y alforjas? Que sin comida
   no alzaré los pies del suelo.
PAYO: Este arnés has de llevar,
hijo; procúrale honrar,
   que fue de Sancho, tu agüelo.
BOTIJA: Mucho estas casacas pesan.
PAYO: ¿No hablas? ¿no me respondes?
MARTÍN: No, porque en el pecho escondes
las crueldades que profesan
   las fieras. No soy tan ciego
que no vea que me han dado
carga, con que el moro osado,
lidiando, me alcance luego.

Menos pesado es mejor.
Pues mi padre me destierra,
así partiré a la guerra.
PAYO: Y si muestra más valor
el moro, y llega a las manos,
sin armas te ha de herir.
BOTIJA: Ahí entra bien el huir.
PAYO: Son consejos de villanos
los tuyos.
BOTIJA: Lo que yo hiciera
digo no más, que mi amo,
cuando corra como un gamo
será todo.
PAYO: Considera,
si de quien eres no das
muestra, como buen soldado...
BOTIJA: Sí dará, que es hombre honrado.
PAYO: ...que no has de verme jamás.
Caballo y armas te doy,
que es de los nobles la herencia.
MARTÍN: ¿Tan presto vuestra presencia
me negáis?
PAYO: Llorando voy,
que es hijo al fin.
MARTÍN: ¡Ah, señor!
¿Cómo sin echarme os vais
la bendición?
PAYO: ¿Lloráis,
Martín? Yo tengo temor
de su vida. ¡Ay, hijo mío!
Mas ¿qué digo? Vaya y muera
antes que afrentarme quiera.
Al Cid, mi primo, os envío.
Hijo, imitaréisle vos,
pues hay tanta obligación,
y alcánceos mi bendición,
buen Martín, con la de Dios.
BOTIJA: Écheme también a mi
su bendición, y veremos
cuál entre los dos extremos

vuelve primero.

PAYO: Si en ti
vive de Sancha el amor,
como la fama pregona,
ya ves que es otra amazona
en hermosura y valor
   y ha de buscar, cuando quiera
rendirse al yugo amoroso,
al marido valeroso.
La guerra, Martín, te espera.
   Haz en ella alguna hazaña
por amante y por soldado,
que después, volviendo honrado,
te dará nuestra montaña
   infinitos parabienes
en los brazos de tu esposa.

MARTÍN: Fortuna menos dichosa
es la que aquí me previenes.
   Si mi tierno amor conoces,
¿por qué te quitas, señor,
que en prendas de tanto amor
regalados nietos goces?
   Permite que Sancha sea
mi esposa, y mándeme luego
que donde trocado en fuego
el sol su carro posea,
   viva entre bárbaros viles
o adonde sauces y chopos
la borda cuajada en copos
hilos de nieve sutiles.
   ¡Valientes fueron los godos,
su nombre a los siglos dieron,
espanto a Italia pusieron,
mas no pelearon todos!
   Yo, que bien lo sabéis vos,
entre la paz me gobierno,
porque soy...

BOTIJA: ¡Bobo es mi yerno!
Es un ánima de Dios.
   Por no matar un cochino

lo dejará de comer.
PAYO: Mi voluntad se ha de hacer;
 ése es, Martín, el camino.
  Si os es la guerra molesta
 y os volvéis, quiero advertiros
 que saldrán a recibiros
 las garras de una ballesta.

Vase

BOTIJA: Ea, cerróse de campiña.
 ¡No nos echara a la tarde
 y no en ayunas! Aguarde.
ÁLVARO: ¿Quién es?
BOTIJA: ¿Cuándo se aliña
  jornada entre hombres cristianos
 sin tocar de la dispensa?
 Payo, mi señor, ¿qué piensa?
 ¿Somos cuerpos soberanos?
ÁLVARO: Los pueblos por donde has de ir
 que han de regalarte espero.
BOTIJA: Pues mientras llego al primero
 me puedo, hermano, morir;
  hagamos la alforja yo y tú.
ÁLVARO: ¿Tú no ves que no hay lugar?
 Adiós.
BOTIJA: Tráguete la mar,
 crïado de Belcebú.
  Fálteos, plegue a San Millán,
 en, poblado y en camino
 casi el agua, todo el vino,
 la carne os falte y el pan.
  Parece esta maldición
 que me la han echado a mi.
MARTÍN: Amigo, vamos de aquí.
BOTIJA: Pidiendo están confesión
  mis tripas.
MARTÍN: No hay cosa alguna
 en nuestra humana opinión

que no tema con razón
vaivenes de la Fortuna.
  Perderé a manos del moro
sin saberme defender
la vida, para perder
con tiempo el fuego que adoro.
BOTIJA: Por lo que dices de fuego,
tu Sancha viene hacia acá
pisando hongos.
MARTÍN: Será
burla.
BOTIJA: Pues, ¿soy yo ciego?

MARTÍN: Pues di que brotando vienen,
sus bellas plantas hermosas
muchos claveles y rosas.
BOTIJA: ¿No hay otras hierbas que tienen
  virtud para una ensalada?
Cuanto pisa una mujer
luego dicen que ha de ser
ya la violeta morada,
  lirio azul, blanco jazmín,
bello adorno del verano,
haciendo que sea hortelano
el cordobán del botín.

Sale SANCHA

SANCHA: Martín, ¿qué, por olvidarme,
te vas a la guerra?
MARTÍN: Así
tuviera piedad de mí
quien de ti quiere apartarme.
  Como la mayor belleza
que en nuestro suelo español,
sirviendo de espejo al sol
formó la naturaleza
  tuviera celos de ti
cuando mi amor procurara,

                pues sabes que le negara
                el corazón que te di.
                   Y porque no te parezca
                lisonja, cuando mis labios
                haciéndole al sol agravios
                lo que él matiza te ofrezca,
                   pregunta en tu pecho hermoso
                al alma que te ofrecí.
                Si parto, Sancha, sin mí,
                antes puedo estar quejoso
                   de que presa en tu poder,
                mi alma a la tuya asida,
                me den tus ojos la vida
                para venirte a perder;
                   pues, si habiéndome robado
                el alma, muerto quedara,
                mi padre no me ausentara
                del sol que miro eclipsado.
SANCHA: Y muerto, ¿qué habías de hacer
                en mis manos rigurosas?
MARTÍN: El sol, padre de las cosas,
                tiene divino poder
                   para dar vida a las plantas,
                y yo, como planta nueva
                que a tus bellas luces prueba
                el ser a que me levantas,
                   pudiera, Sancha, decir,
                muerto en Fénix amoroso,
                que era tu tema dichoso
                que nace para morir.
SANCHA: ¡Oh, qué bien te has prevenido
                de que lisonjas no son!
MARTÍN: Verdades del corazón,
                ¿cuándo lisonjas han sido?

SANCHA: No te he visto tan discreto,
                o por decirlo mejor,
                tan amoroso pintor.
MARTÍN: Voy en tu ausencia sujeto
                   a la muerte, y como suele

muriendo el cisne cantar,
quise agora celebrar
la mía.
BOTIJA: ¡Mucho nos muele!
        Señora Sancha, si gusta,
véngase su poco a poco.
MARTÍN: Ya das de pesado en loco.
BOTIJA: Pues una mujer robusta
        no vendrá contando cuentos
a la sombra del rocín.
SANCHA: Como gustara Martín,
no me faltaran alientos
        para seguir a un soldado.
MARTÍN: ¡Que tal diga una mujer!
SANCHA: Para poderte volver
el alma que tú me has dado
        te quisiera acompañar,
que mal llevará la palma
quien va a pelear sin alma.
BOTIJA: Para eso ¿hay más que sacar
        del purgatorio un par de ellas?
        ....
        ....
        .... [-ellas].
        .... [-una]
Quédeme yo acá rezando ,
y se las iré enviando.
MARTÍN: Tu amor te ha hecho importuna.
        .... [-iga]
        ....
        ....
Darás ocasión que diga
        el Cid que llevo a la guerra
afeminado el valor,
cuando entre espanto y rigor
pienso matizar la tierra
        con sangre morisca.
BOTIJA: Aquí
sin haber sido escolar
hay quien comienza a dudar

de lo que has dicho.
MARTÍN: ¡De mí!
        ¿no sabes que a matar voy
     mil moros?
SANCHA: ¿Quién lo dudaba?
BOTIJA: Es verdad, no me acordaba,
MARTNr.   Rayo de los moros soy.
BOTIJA: ¡Bien la medida le hinches!
MARTÍN.   Pienso matar, Sancha mía,
        diez mil moros en un día.
BOTIJA: Muchos son, aunque sean chinches.
MARTÍN:.   ¿Qué dices?
BOTIJA: Que yo también
        de un golpe, y tú lo verás,
        he de matar muchos más
        como me los pongan bien.
SANCHA: ¡De un golpe solo!
BOTIJA: ¿No basta?
SANCHA: ¿Cómo?
BOTIJA: De esta manera
        voylos poniendo en hilera
        como si fueran de pasta,
          y con más fuerza que un toro,
        dándole con un garrote
        al primero en el cogote
        topa en el segundo moro;
          luego el tercero, sintiendo
        el garrotazo que di,
        cae sobre el cuarto, y así
        van topando y van cayendo.
          ¿Hay quien esto no le cuadre?
        Esto es juntos y apretados,
        que si esperan apartados
        venga a matarlos mi madre.
SANCHA: Mira que dicen que tiene
        Burgos, donde agora vas...
MARTÍN: Pienso que celosa estás.
SANCHA: Eso mi amor te previene;
          si alguna mujer tocares
        que no te abrases te digo.

BOTIJA: Buen remedio.
SANCHA: Dile, amigo.
BOTIJA: No hablar en caniculares.,
MARTÍN: Primero verás arder
    las aguas, el aire, el fuego,
    y al sol de la lumbre ciego
    precipitado caer,
       y todo nuestro horizonte
    sin las que a tu sol reservo,
    vivir en el mar un ciervo
    y un delfín en ese monte
       que yo te olvide jamás.
SANCHA: Primero que yo te olvide,
    el tiempo, que el tiempo mide,
    le verás volver atrás.
BOTIJA: Primero verás [tornar]
    una lechuza que yo.
MARTÍN: Quien de tu luz me apartó
    no me concede lugar
       para que más me detenga.
    Dame tus brazos, y adiós.
BOTIJA: ¿Para abrazarse los dos
    es menester tanta arenga?
SANCHA: ¿Tantos rigores conmigo?
MARTÍN: Sancha: adiós.
SANCHA: Adiós, Martín.
BOTIJA: Aliñemos el rocín,
    que mañana yo me obligo
       que estas hembras tengan dueño
    que un galápago soldado
    no ha de faltar.
MARTÍN: Yo he quedado
    como el que en profundo sueño
       en dulces glorias gozaba
    teniendo aquel bien por cierto;
    pero, viéndome despierto,
    echo de ver que soñaba.

Vanse MARTÍN y BOTIJA

SANCHA: ¿Cómo podré yo acabar
             con mi amor, sufrir su ausencia?
             Imposible es la paciencia
             en las que saben amar.
                Seguiréle, sin que intente
             ver lo que me está mejor,
             porque en contiendas de amor
             muere el honor más valiente.

*Vase. Salen el REY y BERMUDO por una parte, y el
        CID, NUÑO Laínez, PEDRO Bermúdez y
        ORDOÑO por otra, y acompañamiento*

REY: ¿Para ver a un rey salís
             de tantos hombres armado?
CID: Señor, hanme acompañado,
             si la verdad advertís,
                aunque es gran dificultad
             que adonde llega primero
             la voz de algún lisonjero
             pueda caber mi verdad.
                Y en prueba, Alfonso, que aquí,
             con alma de engaños llena,
             os canta alguna sirena,
             basta no escucharme a mí.
BERMUDO: ¡Al paso que sois guerrero
             os preciáis de mal mirado!
CID: Callad vos, pues yo he callado
             el nombre del lisonjero.
                Mas, pues que vos desviáis
             tan contra justicia y ley
             de las orejas del rey
             la verdad que me escucháis,
                sin duda que tenéis dentro
             las mentiras que os escucha;
             acométenme en la lucha
             y hanme salido al encuentro.
REY: Advertid que estoy presente.

CID: No temáis que muestre bríos,
porque los agravios míos
llevo con serena frente.
     No negará mi amistad
el que más mi ofensa intenta,
que yo perdono la afrenta
como al rey trate verdad.
REY: Los que yo tengo a mi lado
me la dicen más que vos.
CID: Engañáisos, ¡vive Dios!
REY: A no haberos desterrado
hiciera un nuevo castigo
en vos. Salíos de mi tierra.
CID: Si de ésta el rey me destierra
ya está en su tierra Rodrigo.

Da unos pasos atrás

REY: De Castilla habéis de ir
en el plazo de tres días.
CID: Temeréis verdades mías,
pues no las queréis oír.
     Ya partiré desterrado
del reino; pero mirad
que a hombres de mi calidad
más término les han dado
     para levantar su casa.
Cuando desterrados van
a los ricos hombres dan
cuarenta días.
REY: No hay tasa
en mi gusto; el plazo os niego.
CID: Pues la ley también negáis,
y claramente mostráis
que de cólera estáis ciego,
     pues ni en cuarenta podré,
testigos mis infanzones,
cargar, señor, los pendones
que en vuestras guerras gané.

No me neguéis lo que os pido,
por éstos, sino por mí,
a quien tantas veces vi
defender vuestro partido.
     Oíd, don Nuño Laín;
Pedro Bermúdez, llegad,
y en prueba de mi lealtad,
para tan honroso fin,
     mostrad las heridas fieras,
sobrinos, a Alfonso agora,
que, si bien no las ignora,
las juzgará por ligeras,
     que yo iré muy satisfecho
si dais para mi partida
un día por cada herida
de las que muestre su pecho.

ORDOÑO: Pues ¿tan caro ha de costar
que con sangre ajena y mía
se ha de comprar cada día
de los que le habéis de dar?

NUNO: Muy corta dais la licencia,
cuando entre el despojo opimo
Álvar Fáñez, nuestro primo,
queda cautivo en Valencia.

PEDRO: Herido y preso quedó
por vos en sangrienta lid;
merezca por él el Cid
el término que os pidió.

REY: Doy a vuestro ruego aquí
nueve días y no más.

CID: No fui tan corto jamás
en las victorias que os di.
     Desleal me habéis llamado,
si a alguno lo habéis oído,
cuantos lo han dicho han mentido,
y en esta campaña armado,
     cual noble hidalgo español,
cuerpo a cuerpo los espero
desde que salga el lucero
hasta que se esconda el sol.

Y a no ser mi rey, es llano
que me igualaran las leyes,
pues sabes que muchos reyes
me han besado a mí la mano.
   ¿Estos vasallos tenéis,
Alfonso, y los desterráis,
y--¡vive Dios!--que os quedáis
con traidores?

REY: No me deis
a que os castigue ocasión,
que hay fuerzas de rey en mí.

CID: Esas fuerzas yo os las di
con mi guerrero escuadrón.
   Aunque para hablar severo
basta que nombre tengáis
de rey, con que substentáis
al enemigo más fiero.
   Vos podéis hablar, señor;
pero no el que hablando lidia
que llama, muerto de envidia,
deslealtad a mi valor.
   Ponedle freno en la lengua,
que son armas mujeriles,
armas cobardes y viles
de nobleza y valor mengua.

REY: Pues yo gusto de ampararlos.

CID: Si tanto sabor os trueca,
con las riendas de Babieca
daré vuelta a castigarlos.

REY: ¡Cid!

CID: !Alfonso!

REY: Bueno está.

CID: No está, señor.

REY: ¿Qué decís?

CID: Rey Alfonso, esto que oís.

REY: Vamos, Bermudo.

BERMUDO: El que va
con su rey disculpa tiene
si no responde.

REY: Es verdad;

id tras él, y procurad
no andar sin él, que os conviene.

*Vanse. Salen ABENÁMAR, rey moro, y ÁLVAR Fañez, sin
espada*

ABENÁMAR: ÁLVAR Fáñez, no pretendo
de tu persona el rescate,
aunque el mismo rey lo trate;
de que lo trates me ofendo.
   Vete en paz, y al rey, tu tío,
dale este abrazo por mí.
ÁLVAR: Jamás en bárbaro vi
tan piadoso señorío.
   Digo que en valor excedes
a Alejandro.
ABENÁMAR: Al fin irás.
En casa del Cid, podrás
hacerme en ella mercedes.
ÁLVAR: Tú puedes, señor, hacellas
a quien se rinde a tus plantas.
ABENÁMAR: Tú puedes hacerme tantas,
que venga a ser rey por ellas.
ABENÁMAR: Pues ¿en qué las puede hacer
a un rey un soldado?
ABENÁMAR: (Dudo   **Aparte**
descubrirle el pecho.) Pudo
hoy conmigo merecer
tanto tu valor... (¿Qué digo? **Aparte**
Ya estoy ciego.
ABENÁMAR: No te entiendo.
ABENÁMAR: (En vano el alma defiendo   **Aparte**
del fuego que adoro y sigo.)
   Dícenme que Sol y Elvira,
del Cid, dos hijas doncellas,
son, como los cielos, bellas.
ÁLVAR: (¿A qué blanco el moro tira?)   **Aparte**
ABENÁMAR: Más que entre el bello arrebol
de Elvira, divina aurora,

blandamente luce agora,
Sol, su hermana, como el sol.

ÁLVAR: Pues ¿qué me quieres decir
siendo moro, cuando es ella
cristiana?
ABENÁMAR: Que es Sol muy bella.
¿No me podrás permitir
   que esto diga?
ÁLVAR: ¿Por qué no,
supuesto que no la ofendes?
ABENÁMAR: Piadosamente me entiendes.
La fama, amigo, llegó
   de su hermosura, de suerte,
que en veneno disfrazada
me dejó el alma abrasada.
Tuviera a dichosa suerte
   que tú le hablases por mí,
que ansí tu favor podría
vencer a mi cortesía.
Mas quisiera darte aquí
   .... [-or]
este papel que le lleves;
en cuyos renglones breves
verá mi profundo amor,
   porque pienso en mis fortunas,
blasón del cristiano y moro,
ofrecer al Sol que adoro
postradas mis medias lunas.
ÁLVAR: ¿Dícelo el papel también?
ABENÁMAR: También el papel lo dice,
   porque mi amor autorice.
ÁLVAR: Muestra...
ABENÁMAR: Denme el parabién
   las mismas glorias de amor.

Rompe ÁLVAR el papel

ÁLVAR: Esto responde por mí

doña Sol.
ABENÁMAR: ¿Perdiste aquí
el seso? ¿Con qué valor
    se ha armado tu atrevimiento
para tan gran desvarío?
ÁLVAR: No hubo más valor que el mío
que tu primer movimiento
    castigó con divertir
esa locura en que das,
que a desvanecerte más
fuera más dulce al morir
    a manos de un tigre fiero
que sufrir mi enojo y furia.
ABENÁMAR: ¿A un rey un cautivo injuria
de quien ya vengarme espero?
    La muerte que ya te aguarda
te obliga a hablar desa suerte.
ÁLVAR: ¿Quién podrá darme la muerte
cuando mi voz te acobarda?
    Pues te precias de soldado,
no te valgas de traiciones;
arroja tus escuadrones;
como esté en el campo armado,
    y porque acortes los plazos,
prueba este brazo español,
verás, sin que pare el sol,
partir tu gente á pedazos;
    que del varón sabio y fuerte,
si en mí es la alabanza impropia,
todo el mundo es patria propia,
infeliz o adversa suerte.
    Y quien en prisión sujeto
permite mengua en su honor,
tiene al peligro temor
lleno de infame respeto.
    Mas bien sé que el no arrojarte
a venganzas atrevidas
es por no perder las vidas
que sientes que ha de costarte,
    pues matara mi furor

a tantos en tu presencia,
que no quedara en Valencia
quien te llamara señor.
ABENÁMAR:		Mal en los hombres parece
hablar.
ÁLVAR:		Engañado estás.
Dame una espada y verás
cómo la lengua enmudece.
	La lengua, estando agraviada,
la honra tanto provoca,
que revienta de la boca
por convertirse en espada.
ABENÁMAR:		La que en la guerra perdiste
con la libertad te doy,
veré si ejecutas hoy
lo que en la lengua ofreciste;
	porque en la espantosa lid
donde te he de castigar
quiero volverte a sacar
de entre los brazos del Cid.
ÁLVAR:		Con humilde cortesía
mi libertad te agradezco
y con mi espada te ofrezco
lo que vale por ser mía.
	Vale una ciudad cercada,
y en pago de tu clemencia,
pienso ganarte a Valencia,
y dártela por mi espada.

Vanse. Salen MARTÍN Peláez y BOTIJA

BOTIJA:		¡A buena ocasión llegamos,
que están haciendo novenas
a San Pedro pescador!
Ponte muy firme de piernas,
habla gordo lo posible,
porque dicen que en la guerra
vale mucho un hombre ronco.
MARTÍN:		En el alma el pecho tiembla

de ver que a tales varones
un hombre cobarde ofrezca
mi padre; la culpa es mía,
y es bien que la pena sienta.
BOTIJA: Ya salen en procesión,
y pardiez ¡que vienen hembras
con ellos!
MARTÍN: Serán mis primas,
Elvira y Sol.
BOTIJA: ¡Guarda fuera!
¿Sol se llama? Abrasará
quien se abrazare con ella.
MARTÍN: Desvíate a un lado, necio.
BOTIJA: ¿A un lado? ¿Soy faltriquera?

*Salen el CID, con pendón. NUNO Laín,
PEDRO Bermúdez, y ORDOÑO*

CID: Pendón bendecido y santo,
hoy un castellano os lleva
por su rey mal desterrado,
bien plañido por su tierra.
No ha hecho traición al rey
por obra ni por semeja,
sino es que traición se llama
defenderle sus fronteras.
Por lisonjas de cobardes
busco las ajenas tierras,
desde lejos arrojado,
que no osaren desde cerca.
Pero agradézcanlo a Dios,
que a Él solo es bien agradezcan
que en su ofensa no descubro
mi espada y mi cruz bermeja.
BOTIJA: ¿No llegas?
MARTÍN: Tengo temor
de ver la grave presencia
del Cid; espanto me pone.
BOTIJA: Si fueran moros, ¿qué hicieras?

Yo le diré que has venido.
MARTÍN: Aguárdate, necio, espera.
BOTIJA: Yo me arrojo. - ¡Ah, señor Cid!
ORDOÑO: Un corito a hablarte llega;
de lejas tierras parece.
CID: Llegue en buen hora.
BOTIJA: Así sea.
MARTÍN: (Si tanto temor me han puesto   **Aparte**
sosegados en la iglesia,
¿qué será verlos lidiando
al son de roncas trompetas?
Jamás me hubiera obligado
de mi padre la presencia.)
CID: ¿Cómo no hablas?
BOTIJA: No puedo.
CID: Despide el temor, sosiega.
Di a lo que vienes.
BOTIJA: Señor..
venimos... soy de mi tierra
y soy Botija también.
CID: Pues ¿entre nosotros tiemblas?
BOTIJA: Pues ¿no puedo yo temblar
donde quisiere?
MARTÍN: (Mi afrenta   **Aparte**
va publicando su miedo.)
BOTIJA: Payo Peláez, bien se acuerda,
tuvo un hijo, y este hijo
quieren decir malas lenguas
que salió travieso un poco,
y salido, tenga en cuenta,
riñó su padre con él,
después de muchas pendencias,
porque era acuchillador.
MARTÍN: ¡Divinamente lo enmienda!
BOTIJA: Por quítame allá esas pajas
le sacó una vez las muelas
a un barbero; pero fueron
las que colgaba a la puerta.
Díjole su padre entonces,
"Vete, Martín, a la guerra."

Despidióse y despedíme,
y acá estamos todos.
CID: Venga
en buen hora mi sobrino.
MARTÍN: (Porque a vuestros pies merezca   **Aparte**
nombre de vuestro soldado.)
BOTIJA: ¿Venle aquí como una oveja?
Pues todo el año es así.
CID: El alma, Martín, se alegra
de veros; seáis bien venido
a la militar escuela
donde el honor se acrisola.
MARTÍN: Quien goza vuestra presencia
tendrá valor que le envidien
las naciones contrapuestas.
CID: Visitad a vuestras primas,
que Ximena yace enferma
en Leon!
MARTÍN: Voy a serviros.
CID: Como a bisoño en la guerra,
quiero en sucintas razones
daros de su trato cuenta.
No hay trabajos insufribles
que el soldado no padezca.
BOTIJA: (¡Mira con qué le saludan!   **Aparte**
¡Por Dios que es linda la flema!
Pues con buen compás de pies
será bueno dar la vuelta
a guardar treinta borregos.)
MARTÍN: ¿Quién hay que ignorancia tenga
de esos trabajos, señor?
Y más quien viene a hacer prueba
del valor que me ha prestado
mi conocida nobleza.
CID: ¿Qué os parece, caballeros?
¿Podremos, con la defensa
de tan gallardo soldado,
buscar moros en su tierra?
BOTIJA: (¡Si lo pudiere excusar!)   **Aparte**
CID: Serán las victorias ciertas

con su favor.
MARTÍN: (Padre ingrato,   **Aparte**
          ¿por qué permites que vean
          tu afrenta en mi cobardía?
          ¡Pluguiera a Dios que en la sierra
          me hubiera muerto algún oso!)
CID: Sobrino, por nuevas prendas
          de mi amor, y porque espero
          que en vuestra defensa tenga
          mi pendón lugar seguro,
          mientras dure la novena
          le honraréis con vuestras manos.
MARTÍN: Donde hay tantos que merezcan
          este honor...
CID: A vos se os debe.
BOTIJA   (Él hará lo que no deba.)   **Aparte**
MARTÍN: Razón es obedeceros.
BOTIJA: En oyendo las trompetas
          lo verán.
CID: Vamos.
BOTIJA: ¿Y a mí
          no me darán una vela?
          Iremos en procesión;
          si aguardan que la merezca,
          Botija soy, y en Asturias
          es mi casa sola vieja.
ORDOÑO: ¡Solariega!
BOTIJA: Y en mis armas
          las botijas de mi tierra
          pintan un braguero de oro.
ORDOÑO: Pues ¿por qué?
BOTIJA: Porque se quiebra.

FIN DE LA PRIMERA JORNADA

JORNADA SEGUNDA

*Suena un clarín y salen **MARTÍN** Peláez*
*y **BOTIJA***

BOTIJA: Señor, ¿a qué toca el moro?
MARTÍN: Dicen que toca a embestir.
BOTIJA: Pues quiérome prevenir
para esconderme.
MARTÍN: Ya lloro
entre las desdichas mías
mi ya malogrado amor.
BOTIJA: No hay sino mostrar valor,
señor Martín.
MARTÍN: Pues ¿no fías
de mí que sabré mostrar
ánimo y pecho gallardo?
BOTIJA: Por eso digo: aquí aguardo,
para tener que contar
tus hazañas a la vuelta.
MARTÍN: Ya las espadas previene
el Cid; mostrar me conviene
determinación resuelta
de morir, antes que vea
la infamia que engendra el miedo.
Empeñado estoy, no puedo
excusar la imagen fea
de la guerra. Amigo, adiós,
que ya suben a caballo.
BOTIJA: ¿De veras podré esperallo?.
MARTÍN: Si hemos de volver los dos
cargados de mil trofeos
para Sancha, claro está.

Vase

BOTIJA: Pues tráigase hacia acá
     un rey moro. Los deseos
       de mi amo buenos son;
     fuerzas y estómago tiene,
     corriendo un carro detiene
     de seis mulas. No hay Sansón
       como él si da una puñada;
     pero diz que no está en eso;
     ya temo algún mal suceso.

Sale SANCHA en hábito de hombre

SANCHA: ¿Cuándo un alma enamorada
       temió peligros de honor?
     Los imposibles mayores
     amor los convierte en flores,
     porque es lisonjero Amor.
       Buscando vengo a Martín
     disfrazada en el vestido,
     aunque amor, como advertido,
     mal puede encubrirse en fin;
       pues, por templar los enojos
     que causa mi ardiente fuego,
     pretende mostrarse luego
     en el agua de mis ojos.
       Y así en el disfraz mayor
     con que amor cubrirme quiere,
     verá quien mis ojos viere
     que vengo muerta de amor.
       Si, como es Martín gallardo,
     sustenta el alma animosa,
     no habrá mujer más dichosa;
     verle solamente aguardo
       que entre las escuadras lidie
     para darle mis deseos
     mil amorosos trofeos
     que nuestra montaña envidie.
       Éstos son los pabellones

del pueblo cristiano, y pienso
que quieren lidiar.
BOTIJA: Suspenso
por más de veinte razones
  me tiene el montañesillo
que está en el valle parado.
SANCHA: Hacia aquí viene un soldado;
como él quiera, he de servillo
  para encubrirme mejor.
BOTIJA: (¡Qué bien la vista repara!   **Aparte**
¡Par Dios! Cortada la cara
parece a Sancha.)

Sale ÁLVAR Fáñez

ÁLVAR: Al temor
  de la castellana furia
que arrojan nuestros reales,
recoge ya sus cristales
en urnas de plata el Turia.
  Pone el moro sus riberas
en banderas y pendones,
el Cid pondrá a sus leones
por alfombras sus banderas.

Tocan una caja

  Aquella caja señala
la sangrienta acometida;
aquí es bien perder la vida,
cuando en la fama se iguala
  un valeroso español
al Macedón, cuya gente
pisó del Ganges la frente,
nevada cuna del sol.
  Bien ha menester las manos
el fiero ejército vil,
aunque trae noventa mil

para ocho mil castellanos.
SANCHA: Pienso que volverse quiere,
          que le dan las trompas voces;
          volarán mis pies veloces
          para decirle que espere.
               ¡Ah, señor!
BOTIJA: ¿Adónde va
          el muchacho?
ÁLVAR: ¿Quién me llama?
SANCHA: Quien quisiera daros fama
          sobre el sol y os servirá
               de paje en la paz y aquí
          de llevaros si gustáis
          escudo y yelmo.
ÁLVAR: ¿Buscáis
          a quién servir?
SANCHA: Señor, sí,
               porque a la guerra me inclino,
          y así me perdone Dios
          que os sirva de balde, a vos.
ÁLVAR: (¡El muchacho es pergrino!)   **Aparte**
SANCHA: Diga: ¿quiere ser mi amo?
ÁLVAR: (Tiene gallarda presencia.)   **Aparte**
          ¿El nombre?
SANCHA: Con su licencia
          diré que Sancho me llamo.
ÁLVAR: Pues, Sancho, no hay ocasión
          para que más me detenga;
          cuando de la guerra venga
          tomaré resolución
               en vuestra comodidad.
SANCHA: ¿Cuándo volverá, señor?
ÁLVAR: Si nos da el cielo favor,
          no llegará a la mitad
               el sol sin que vuelva aquí.
SANCHA: Pues piense que ha vuelto ya
          y recíbame, y verá
          el favor que tiene en mí,
               que pienso rezar por él,
          aunque en guerreros estilos,

a San Domingo de Silos.
ÁLVAR: Ya fuera, Sancho, crüel
            a tan buena voluntad
            si no os recibiera.
SANCHA: Digo
            que mil veces le bendigo,
ÁLVAR: En ese monte esperad
            mi buena o mala fortuna.

Vase

SANCHA: Con victoria os vuelva el cielo.
BOTIJA: (¿Qué le ha dicho este mozuelo, **Aparte**
            si el preguntar no importuna?)
SANCHA: (Éste es Botija. ¡Ay de mi! **Aparte**
            que pierdo, si me conoce,
            mi pretensión.)
BOTIJA: No se emboce,
            que no estoy por bestia aquí.
            (A Sancha me huele el mozo.)   **Aparte**
SANCHA: Pues ¿qué es lo que quiere?
BOTIJA: Quiero
            preguntar a lo barbero,
            ¿por qué no le sale el bozo
              para que nos dé provecho,
            que aquese talle no es barro?
            Barba muy a lo guijarro
            no es de hombre de pelo en pecho
              ¿Tiene hoyo la barbilla?
SANCHA: ¿Con esas preguntas viene?
BOTIJA: Dígolo, porque no tiene
            de Adán más que la costilla.
SANCHA: ¿Sueña?
BOTIJA: Ayer soñaba yo.
            Vaya conmigo; esté atento,
            que en cierto despedimiento
            cierta mañana se halló
              su merced en cierto valle
            que con cierto montañés

se abrazó. Lo cierto es
que fue sueño, escuche y calle.
    Lloraron mucho, y llorado,
venímonos, y venido
sentimos mucho, y sentido
hablamos al Cid, y hablado
    resultó que desperté
diciendo, "Sancha divina,
la invención es peregrina,
no te encubras por la fe
    que debes a mi señor."
SANCHA: ¿Cómo, si es Martín mi dueño?
BOTIJA: Pues ¿no le digo que es sueño?
    ¡No ha estado linda la flor
    del señorito! Entre manos
se me quiere hacer mujer.
SANCHA: Soñé yo también por ver.
BOTIJA: No hay que ver, que hay sueños vanos.
    Pero, dígame también,
¿qué dijo a aquel caballero?
SANCHA: Dije que servirle quiero.
BOTIJA: ¿Halo mirado muy bien?
    Porque llegar a servir
al primero que topó,
y más si acaso dejó
buen amo, da que decir,
    y tanto, que juro a Cristo
que estoy para hacer un hecho...
SANCHA: Ya está él alma en más estrecho;
ya sin fruto me resisto.
    No fue liviandad, Botija.
BOTIJA: ¿Estás borracho, muchacho?
    Por no llamarme borracho
me dió el nombre de vasija.
    ¿Qué dices?
SANCHA: Que estoy soñando,
y aun pienso que sueño ha sido,
porque aún no me he conocido.
BOTIJA: ¿Dónde has de estar esperando
    a tu señor?

SANCHA: Que le aguarde,
          dijo, en este monte.
BOTIJA: Sube.
SANCHA: Alguna dichosa nube
          porque a sus ojos me guarde,
          me dió en el disfraz el cielo.
BOTIJA: (Pardiez, que hoy ha de saber   **Aparte**
          Martín quién es la mujer.)
          ¿Amores buscáis al vuelo?

          Salen el CID y MARTÍN, cada uno de su
                              parte

CID: Si premio hubiera faltado
          de honor, a un riesgo mortal,
          no tuviese un rey caudal
          para pagar a un soldado.
            Con agradecido amor
          es bien que lo satisfaga,
          y no perdiendo en la paga
          le dé ventajas de honor;
            que un soldado estropeado
          no siente el dolor crüel,
          si sabe que dicen de él
          que peleó como honrado.
MARTÍN: (¡Que mi afrenta y mi temor,   **Aparte**
          que con mi dolor compiten,
          me traigan donde repiten
          todos liciones de honor!
            ¡Qué he de hacér!)
CID: Ea, capitanes,
          entrad.
BOTIJA: Bien es si te esfuerzas,
          lo que perdiste en las fuerzas,
          que con la industria lo ganes.
            En tropa puedes sentarte,
          porque, viéndote a su lado,
          pensarán que has peleado.
MARTÍN: Mil abrazos quiero darte

por el buen consejo.

Sale ÁLVAR Fáñez

ÁLVAR: Vamos,
    antes que él moro vencido
    vuelva a ganar lo perdido.
MARTÍN: Por eso a entender le damos
    siempre lo que pierde en ello.

Vanse ÁLVAR Fáñez y MARTÍN
Peláez

CID: ¿Dónde Martín puede estar?
    Su afrenta me ha de acabar,
    tengo el alma de un cabello.
SANCHA: (Sin duda el seso ha perdido; **Aparte**
    ansí su infamia previene,
    mas ¿quién tal ansí no tiene
    vergüenza de haber huido?
      A la mesá se ha sentado,
    no es el que buscaba yo;
    un mar de hielo cayó
    sobre mi pecho abrasado.
      ¡Si viéredes más, mis ojos,
    me despedace un león!
BOTIJA: ¿Dónde vas?
SANCHA: (¡Ay, corazón,   **Aparte**
    muerto entre penas y enojos!
      Pero por venganza honrosa
    del que tan sin honra vi
    al que por amo escogí
    daré la mano de esposa,
      y a un villano, si faltare,
    que una mujer ofendida
    le dará el alma y la vida
    al primero que topare.)
                    Vase

BOTIJA: Mas ¿qué se va de vergüenza
              de lo que mi amo ha hecho?
              Luego iré a templarle el pecho.
CID: Con buenos hechos comienza
              Martín a honrar a su tío.
          Ya en la montaña estarán
          juzgándole capitán.
          ¿Qué diré en descargo mío
              que no multiplique enojos?
          Llamaréle quien le vio
          infame, pues se atrevió
          a ser cobarde a mis ojos.
              Pero quiero divertir
          el ánimo triste un rato.
          No merece hacer el plato
          a los que osaron morir
              tantas veces. ¿Quién los ve
          comer con tanto sosiego
          que juzgue un rayo de fuego
          la estampa de cada pie?
              ¿Quién no tendrá a maravilla
          y a nuevo prodigio extraño
          que recoja aquel escaño
          la defensa de Castilla?
              Leones domesticados
          parecen en sus decoros,
          despedazando más moros
          que están comiendo bocados.
              Pero ¿quién es el que veo
          junto a Álvar Fáñez? ¿Sí es él?
          Mas no fuera tan crüel
          la Fortuna a mi deseo,
              que el premio de avergonzarlo
          nunca ha de osar admitillo
          quien tuvo ante su caudillo
          temor para conquistarlo.
              Mas como un cobarde está
          ciego en tan horrosas cuentas

topa con honras y afrentas
sin saber adónde va.
    ¡Vive Dios que no ha de estar
más un momento en la mesa!

BOTIJA: A alguna afrentosa empresa
            va el Cid: ¿en qué ha deparar?

*Vase. Sale el CID sacando del brazo a MARTÍN Peláez, con
una servilleta, un panecillo y un cuchillo*

CID: Sobrino, advertiros quiero
            que tiene mal proceder
            quien se convida a comer
            sin que le llamen primero.
                El convidaros comienza
            por acto de voluntad.
            Ir llamado, es amistad;
            sin llamaros, desvergüenza.
                Y esto, para entre los dos,
            que aunque son amigos caros,
            pues se fueron sin llamaros,
            quisieron comer sin vos.
                Demás que aquí se reparte
            la costa a los convidados,
            y de los que veis sentados
            puso cada uno su parte;
                que como ellos han cortado
            cabezas que África llora,
            lo que están comiendo agora
            por cabezas lo han echado;
                y así, no es razón que deis
            ocasión por tantos modos
            a decir que compran todos
            lo que sin pagar coméis.

MARTÍN: Vuestras razones notorias
 dicen del alma sentidas
 que aquí se dan las comidas
 a precio de las vitorias.
 Si son los triunfos y glorias
 con lo que se han de comprar,
 claro está de averiguar
 que en vuestra mesa ofendida
 me negastes la comida
 por que la salga a buscar;
  y aunque el pan me habéis dejado,
 Rodrigo, advertiros quiero
 que sin comprarle primero
 no he de comer ni un bocado.
 Laurel, tenedlo guardado
 como en depósito fiel
 y sed guarda tan crüel
 que aun a mí, si os lo pidiere
 no me lo deis, si no os diere
 una victoria por él.
  Ea, afrentas, acabad
 vuestro curso acelerado.
 Si en la cumbre habéis tocado
 con la cabeza, bajad;
 que tiene tal calidad
 el honor precioso y bello
 que aunque luchéis por vencello
 ha de quedar superior,
 porque es gran parte de honor
 la vergüenza de perdello.

Tocan al arma

  Ea, que el moro tocó
 segunda vez á embestir;
 la ocasión puedo decir

que el cielo me la vendió.
De mí he de vengarme yo
tanto, que los que miraron
las afrentas que cargaron
sobre mi ofendido honor,
viendo ahora mi valor
presuman que se engañaron.

CID: ¡Qué, no os dejaron comer!
ÁLVAR: Antes se lo agradecemos,
a les buscar, porque iremos
más ligeros al vencer.
CID: ¿Quién se ha querido ofrecer
a la batalla primero?
          ¡Qué gallardo caballero!
ÁLVAR: Martín es quien nos convida.
CID: ¿Veis como no fue huidor
sino astucia de guerrero?
          Socorramos a Martín,
caballeros.
NUÑO: Ya embistió;
por las batallas se entró.
ÁLVAR: Engañámonos al fin.
NUÑO: Apenas oyó el clarín
cuando acometió valiente.

Vanse todos, menos el CID

CID: Ya desbarata la gente,
y cual segador, espigas
de cabezas enemigas
tiene una muralla enfrente.
          No vi más terrible osar;
ya empieza el campo a temerle;
con el contento de verle

se me olvida el pelear;
mas ¿qué espada ha de faltar,
si el mundo en la suya estriba
para que la fama escriba
que la afrenta del huir
la quiere agora cubrir
con los cuerpos que derriba?
  En no ayudarle acrisolo
el honor que restauró,
que pues él solo huyó,
gane la victoria solo.
Ya le ofrece el mismo Apolo
para que a la envidia asombre
su laurel.

Salen peleando ABENÁMAR, LIDORO, MUZA y otros con MARTÍN

ABENÁMAR: ¿Quién eres, hombre?
        ¿Álvar Fáñez, Laín u Ordoño?
MARTÍN: Soy un soldado bisoño
        del Cid, que aún no tengo nombre.

Éntralos a cuchilladas

CID: Ea, Martín, que fue el valor
        mientras lo encubristes, mas
        como el que da paso atrás
        para dar salto mayor.
        Ya puede llamarse honor
        su huida, que ofendellos,
        dando al cuchillo sus cuellos
        por no darles honra ha sido;
        que por haber él huído
        no quiere que huyan ellos.
          Su espada es la vencedora,
        Dios con vitoria la vuelva.
        Por una acerada selva

de lanzas se arroja agora,
espada y brazo mejora,
y en su generoso aliento
se mezcla el Marte sangriento
con el rey. ¡Heroica empresa!
Ya bien merece la mesa,
que trae sobrado sustento.
    Pero en tanto que pelean
quiero su campo apretar,
que la ocasión y el lugar
no lloran si se desean.

Tocan al arma, y sale ABENÁMAR, el rey moro, ÁLVAR Fáñez y MARTÍN Peláez

ÁLVAR: Así tus vitorias sean
        a las de Alejandro iguales.
MARTÍN: ¿Qué pides?
ÁLVAR: Que me señales
        sola esa batalla aquí.
MARTÍN: Pues ¿fáltame esfuerzo a mí
        para batallas reales?
ABENÁMAR: Antes te ha sobrado tanto,
        que quiero competidor
        no de tan alto valor.
MARTÍN: Luego ¿doyte más espanto
        que Álvar áñez?
ABENÁMAR: Yo sé cuánto,
        pues una vez le vencí.
MARTÍN: Tuya es la batalla aquí;
        mas si él te vence, ¿qué esperas?
ABENÁMAR: La muerte en sus manos fieras,
        pues a sus manos volví.
ÁLVAR: Antes pagarte pretendo
        la libertad de aquel día.
ABENÁMAR: Pues a tanta cortesía
        hago mal si me defiendo.
        Tu esclavo soy.
MARTÍN: No pretendo

que te adelantes jamás;
para vencerle no más
te concedí esta victoria,
que yo he de ganar la gloria
de la vida que le das.
    Rey, el poder escaparte
del peligro a que has llegado
es por habernos juntado
dos hombres para matarte;
sigue tu propicio Marte,
mas confiésate rendido
de Álvar Fáñez, que él ha sido
el dueño de esta amistad.
ABENÁMAR: ¿Y quién me da libertad?
MARTÍN: El mismo que te ha vencido;
    que aunque parte de esta gloria
llegué a tener merecida,
entre los dos repartida
viene a ser corta victoria;
cifre tu famosa historia
esta hazaña en mi presencia,
mas huye, moro, a Valencia,
que si te vuelvo a encontrar,
ni te podrá perdonar
ni yo le daré licencia.
ABENÁMAR: Parto a obedecer vencido
de vuestro heroico valor.

Vase. Sale SANCHA

SANCHA: Con vergüenza y con temor
a su presencia he venido;
ya los celos que he tenido
los han de pagar mis ojos.
ÁLVAR: No más triunfales despojos
honran el templo de Marte;
deja que llegue a abrazarte,
Martín.
MARTÍN: En perdiendo enojos

que recelos me han causado
podrás llegarme a abrazar.
ÁLVAR: Nadie se llegó a enfadar
conmigo.
MARTÍN: Pues yo me enfado.
          ¿Qué tienes que responder?
ÁLVAR: Que, más que valor, ha sido
soberbia la que has tenido.
Pero déjame entender
     la causa por que te enfadas
y satisfación haré.
MARTÍN: Yo también te la daré.
ÁLVAR: ¡A mí! ¿Cómo?
MARTÍN: A cuchilladas.
ÁLVAR: ¿Por una vez que has mostrado
valor, te quieres poner
con el que supo vencer
antes que fueras soldado?
MARTÍN: Por eso hay más que escribir
los blasones que he tenido,
pues en valor te ha vencido
el que una vez viste huir;
     que, si lo que viendo voy,
baldón alguno me das,
tan descomedido estás
como yo sufrido estoy.
     Y advierte que fue el temor
que estas glorias me previene
lunar hermoso que tiene
la imagen de mi valor;
     pero la alabanza mía
dejo librada en mi espada,
con más honra acreditada
que da luz al mundo el día.
     ¿Hoy te ha llegado a servir
un muchacho montañés?
ÁLVAR: ¿Es aquél acaso?
MARTÍN: Él es.
ÁLVAR: Pues ¿qué me quieres decir?

MARTÍN: Que en mi casa se ha criado
        y por yerro te ha servido;
        que me lo vuelvas te pido.
SANCHA: (Ya está en el pecho turbado   **Aparte**
        el corazón; no quisiera
        ser de su daño ocasión.)
ÁLVAR: Aunque tuvieras razón
        y para darla estuviera,
          por el modo que has tenido
        te la dejara de dar,
        que al pedirme han de rogar.
MARTÍN: Pues yo mando cuando pido,
          y en la distancia que ves
        que hay del pedir al tornar,
        te quise dejar lugar
        para que el paje me des;
          pero, pues que no conoces
        lo que en pedírtele ganas
        excusa ya voces vanas.
ÁLVAR: Tú eres el que das las voces.
MARTÍN: Pues en la fuente te espero
        del Cisne.
ÁLVAR: Y verás allí
        si importa rogarme a mí.
MARTÍN: (De rabia y de celos muero.)   **Aparte**

                    Vanse los dos

SANCHA: ¡Que así hayan puesto los celos
        causados de mi venida
        en riesgo la mejor vida
        que han dado aliento los cielos!
          No me atrevo, estoy corrida,
        que yo a sus pies me arrojara
        para que grillos le echara
        a su atención atrevida.
                    Sale BOTIJA

BOTIJA:　　　　¿Qué hay, mancebo?
SANCHA:　　　　　　Avisa al Cid,
　　　amigo, que tu señor
　　　y Álvar Fáñez--¡ay, amor!
　　　para temerosa lid
　　　　se desafían.
BOTIJA:　　　　　¿Y va
　　　con ellos alguna gente?
SANCHA:　　　Solos van.
BOTIJA:　　　　¿Dónde?
SANCHA:　　　　　　A la fuente
　　　del Cisne.
BOTIJA:　　　　　Pues no tendrá
　　　lugar su furioso intento.

Vase

SANCHA:　　　¡Que tanto los celos puedan
　　　que a toda amistad excedan!
　　　Iré en los hombros del viento,
　　　　quizá les dará el Amor
　　　algún pacífico medio;
　　　que Amor suele hallar remedio
　　　en el veneno mayor.

*Vase. Sale MARTÍN Peláez con
rodela*

MARTÍN:　　　Dicen que abrasarse en celos
　　　es la causa no estimarse
　　　un hombre, porque presume
　　　que el competidor amante
　　　tiene más mérito que él;
　　　porque quien lo juzga sabe
　　　pues no conoce que el gusto
　　　de errados desvelos nace.
　　　Si hubiera elecciones justas,
　　　fuera amor carga süave,

hubiera paces dichosas
y casamientos süaves.
Mas si del cuello de Adonis
de la belleza una imagen,
Venus mendigando gustos
va con Vulcano a casarse,
¿por qué no ha de tener celos
el mismo Fénix de su áspid,
si las mujeres escogen
lo más humilde por fácil?
Celos, es razón que tenga,
no digo yo de ÁLVAR Fáñez,
que un esclavo, vive Dios,
recelo que me aventaje.
Si conoce que es mujer
no hay sufrimiento que baste;
la amistad y el parentesco
los he de borrar con sangre.

Sale SANCHA

SANCHA: (Amor, ¿por qué me acobardas,   **Aparte**
            si sabes que son bastantes
            las disculpas de mi fe?
            Mas si me atreví a dejarle
            y mi inconstancia conoce,
            razón es que me acobarde
            la vergüenza, aunque sin culpa.)
MARTÍN: (Amor, ¿es causa bastante   **Aparte**
            el ver a Sancha que el pecho
            entre volcanes se abrase
            de celos? ¡Viven los cielos,
            que viene por ÁLVAR Fáñez!
            Enamoróse de verle
            galán, entró por su paje
            y creció su amor, por vernos
            a él valiente, a mí cobarde.
            ¡Quién pudiera reducirla!
            Que, aunque es en belleza un ángel,

es en las demás acciones
mujer y podrá mudarse.)

Sale ÁLVAR Fáñez

ÁLVAR: (Cuando tan poco me importa   **Aparte**
volverle a Martín Peláez
el paje, ¿he de ser tan rudo
que olvide amistad y sangre?
Que, aunque él procedió conmigo
atrevido y arrogante,
no hubo agravio entre nosotros
para que el honor se manche.
Mas ya me espera en el puesto,
y con risueño semblante
llega a hablar al pajecillo.
Delito será quitarle
su gusto. En hablando, pienso
firmar nuestras amistades
con lazo inmortal.)
MARTÍN: Escucha,
para que después me mates.
SANCHA: ¿Qué me quieres?
MARTÍN: Darte un alma
que despreciada arrojaste
del cielo de tu hermosura.
ÁLVAR: (No se le dicen a un paje,   **Aparte**
Álvar, aquestas razones.)
MARTÍN: Sancha, ¿tan presto quebraste
la fe de tu amor primero?
Aquellas finezas grandes,
aquellas lágrimas tuyas
que dejaron arrogantes,
más que si fueran del alba
las flores de nuestros valles,
que luego las consumieron?
Mira que no es bien te iguales
a los que en la corte viven
que sólo traiciones saben,

               y del valor que he podido
               entre moriscos alfanjes
               mostrar el valor del pecho
               otros podrán informarte.
ÁLVAR: (Ésta es mujer, y cual suele   **Aparte**
               el pajarillo ampararse
               del águila que le sigue
               por el imperio del aire,
               a mi amparo se ha venido,
               encubriendo de su amante
               el alma con los deseos
               y el cuerpo con los disfraces.
               Mas ya que se ha descubierto
               otra fugitiva Dafne,
               otra Europa entre las flores
               y otra suspensión de Paris.
               Deje las selvas de Chipre
               Amor, si ya de cobarde
               no se atemoriza en verme
               teñido de polvo y sangre.
               Ganaré la montañesa
               si para mi ofensa trae
               más escuadrones que el griego
               trajo en sus preñadas naves.)
               ¿He tardado mucho?
SANCHA: No;
               que para tratár de paces
               entre parientes y amigos
               jamás se ha llegado tarde.
               En vuestra contienda injusta,
               pues que de mi causa nace,
               bien es que yo sea tercero.
               Mi señor Martín Peláez
               me echó de su casa un día,
               y yo, viniendo a buscarle;
               entré, en tanto que le hallaba,
               a serviros.
MARTÍN: Dios te guarde
               al paso de mis venturas.
ÁLVAR: Pues ya que conmigo entraste

                me has de servir--¡vive Dios--
                porque no ha de ser bastante
                el miedo que ya le tienes.
MARTÍN: Pues nos hace el campo iguales
                en la defensa y las armas,
                verás cuando aquí te mate
                el respeto que me debes.
SANCHA: (¡Hay desdicha semejante!)   **Aparte**
                Señores, ¡que siendo amigos
                y tan parientes se maten!
                Mas ya los cielos piadosos
                trujeron quien los aparte.
                Mirad al Cid, caballeros.
ÁLVAR: ¡Cielos! ¿Quién pudo avisarle?
MARTÍN: ¿Qué haremos?.
ÁLVAR: Lo que yo hiciere.

Recuestánse en el suelo y sale el
CID

CID: (¡Que mal [disimular saben!   **Aparte**
                Porque en ocasión que el campo
                sigue el victorioso alcance
                para cercar a Valencia,
                no es bien que los Capitanes
                a descansar se retiren.
                Vendrán a desagraviarse
                de alguna afrenta, sin duda.)
ÁLVAR: Tres veces envió a llamar[le]
                el rey. Alzóle el destierro.
MARTÍN: Es en su corte importante
                nuestro tío.
CID: ¡Qué bien fingen!
ÁLVAR: Los casamientos que hace
                en orden a honrarle ha sido.
MARTÍN: Son ricos y principales
                los condes de Carrión,
                aunque, si verdades valen,
                no partieron muy contentas

nuestras primas.
ÁLVAR: Ya se sabe
que os amaba tiernamente
doña Sol:
MARTÍN: Amor constante
os mostraba doña Elvira.
CID: (¡Qué tiernos discursos hacen   **Aparte**
para encubrir sus agravios!
Que será bueno dejarles
reñir, que si agora estorbo
las intenciones que traen
serán con la paz fingida,
en mi presencia cobardes,
y después como ofendidos
podrán volver a matarse.
Más vale que en mi presencia
riñendo se desagravien,
que con las espadas fuera
pienso que será bastante
a concertarlos.) Sobrinos,
¿agora gozáis el aire
cuando los demás trabajan?
ÁLVAR: Como nos toca la parte
del mayor trabajo, es bien
que el espíritu descanse.
CID: Hoy veré quién es Martín,
veré quién es ÁLVAR Fáñez,
porque mi rojo pendón
quisiera verle colgarle
sobre la torre más alta
del muro; mas no ha de darse
sino al mejor Capitán,
al de valor más constante
en el peligro, que fuera
la desdicha más notable
que le viniera a Rodrigo
si el rojo pendón ganase
el moro; y así querría,
supuesto que os juzgo iguales,
que miréis cuál de los dos

puede al peligro arrojarse.
ÁLVAR: Sólo yo llevarle puedo.
MARTÍN: Yo sólo puedo llevarle.
CID: Alto, pues, sólo el valor
      es bien que del alma saque
      la duda.
MARTÍN: Dadnos licencia,
      veréis en pequeño instante
      quién vuestro pendón merece.
CID: Como eso no más se aguarde,
      licencia y campo tenéis.
SANCHA: (¡Buen modo de concertarles!   **Aparte**
      Todo en la guerra es furor,
      todo es duelo, todo es sangre.)
ÁLVAR: (¡Dichosa ocasión ha sido!)   **Aparte**
MARTÍN: (Agora podré vengarme.)   **Aparte**
CID: Mirad que la cortesía
      ni la amistad no os engañen,
      porque al que viere vencido
      lo he de juzgar por cobarde.
MARTÍN: Primero veréis mi muerte
      que me dé atributos tales
      vuestra lengua.
ÁLVAR: En sangre mía
      veréis el campo bañarse
      antes que el rojo pendón
      ajenas fuerzas le ganes.

Riñen

CID: Cese el enojo, sobrinos,
      que en valor y fuerza iguales
      podéis hacer competencia
      en su quinto cielo a Marte.
      Yo he de llevar el pendón,
      por que ninguno se agravie.
      Vuestro recebido enojo
      en el campo ha de quedarse,
      porque no ha de haber agravios

donde el Cid hace las paces.
Daos los brazos.
SANCHA: Dete el cielo
por dilatadas edades
más que a Alejandro vitorias.
¡Que los he visto abrazarse!

MARTÍN Peláez y ÁLVAR Fáñez
hablan aparte

MARTÍN: Álvar Fáñez, dame a Sancho.
ÁLVAR: No quiero, Martín Peláez.
MARTÍN: Pues yo os mataré en Valencia.
ÁLVAR: Pues allá habrá quien os mate.
CID: Si los deudos son amigos,
¿qué contrario ha de esperarles?

FIN DE LA SEGUNDA JORNADA

JORNADA TERCERA

ORDOÑO: ¡Ah, invencibles castellanos!
　Al real que se recoja
　la gente, que le despoja
　el moro. Apretad las manos;
　　que si no hacéis resistencia
　y aquí vengáis vuestro ultraje,
　os lleva todo el bagaje
　el rey moro de Valencia.

*Tocan dentro a retirarse y sale BERMÚDEZ con
la espada desnuda*

BERMÚDEZ: ¿Quién ha mandado tocar
　a tal punto a recoger,
　cuando llegando a poner
　las escalas y a pisar
　　la corona de los muros
　que el pagano defendía
　casi vio el Cid este día
　los castellanos seguros
　　y señores de Valencia?

Sale un SOLDADO

SOLDADO: ¡Qué donosa retirada,
　cuando está medio ganada
　la ciudad!

Sale ÁLVAR Fáñez

ÁLVAR: ¡Que haya paciencia
            que a la voz de un atambor
            retirándose perdido
            es la ocasión el rüido
            hechizo de algún traidor!

Sale el CID

CID: A todos los atambores
            de mi campo haced colgar
            de esos robles. ¿Retirar
            a tal ocasión, traidores?
                ¡Por vida de mi Ximena,
            que a saber quién lo mandó...!
ORDOÑO: Rodrigo de Vivar, yo;
            si merezco alguna pena.
                Tocar hice a retirar
            porque, después de asaltado
            el muro, habiendo dejado
            sin gente el real y robar
                el bagaje y bastimento,
            por el moro que salió
            encubierto y aguardó
            a ver nuestro alojamiento
                sin guarnición ni soldados,
            todo el despojo y tesoro
            que en tantos meses al moro
            quitaste, gente y ganados
                y mujeres, sin dejar
            cosa de importancia, lleva;
            ved si merece esta nueva
            que toquen a retirar.
CID: Al alcance, pues, amigos,
            que dejar sin guarnición
            el real dio la ocasión
            a este daño; sean testigos
                ellos mismos por su mal
            del valor que os acompaña.

¡Alarma! No diga España
que el moro os despojó el real.
ORDOÑO: Por las huertas van, seguid
sus pasos.
TODOS: ¡Alarma!
CID: De esto,
¿qué dirá Alfonso el sexto?
¿Qué dirá España del Cid?

*Vanse. Tocan alarma, sale MARTÍN
Peláez con la espada desnuda*

MARTÍN: ¿Qué alboroto puede ser
el que nuestro real provoca
que agora a rebato toca
y tocaba a recoger?
   ¡Buena ocasión ha perdido
el Cid con su retirada!
Tuve una torre ganada
y el moro casi rendido,
   y no sé con qué consejo
el campo se retiró;
pero más sabe que yo
el Cid y es prudente y viejo.

Sale BOTIJA llorando

BOTIJA: ¡Ay, rocín del alma mía!
¿Qué hará Botija sin vos?
Para renegar de Dios
os lleva la morería.
   Muy bien pudiera el perrazo,
antes de entrar en Valencia,
daros, mi rocín, licencia
siquiera para un abrazo.
   Mas, como sois de importancia,
sin dejaros despedir,
ojos que vos vieron ir,

no os verán tornar a Francia.
    Viendo me quedo este día,
porque no tendrá, por Dios,
otro rocín como vos
toda la rocinería.
    No se vió cabalgadura
que tuviese, ya que empiezo,
como vos cola y pescuezo,
una legua de andadura.
    Allá os vais con el bagaje,
mi rocín, mi pino de oro,
y afrentaréis, siendo moro,
todo el rocinal linaje.
    Yo a pata y sin un real
diré de noche y de día,
"¿Adónde estás, bestia mía,
que no te duele mi mal?"
MARTÍN: Botija, ¿qué llanto es ese?
BOTIJA: ¡Ay de mí! Peláez Martín;
renegó nuestro rocín;
ved si es justo que me pese.
    En dándole medio pienso
por un haz de mielga fui,
y apenas del real salí,
cuando, menos que lo pienso,
    el moro robó el bagaje,
y Sancha, de hombre vestida,
va cautiva y afligida
sin aprovecharle el traje.
    Hasta el medio celemín
y el arnero se llevó;
pero lo que siento yo
es el verá mi rocín,
    que, apenas el pobre toca
la cebada que le di,
cuando llevárselo vi
con el bocado en la boca,
    aunque sin albarda y cincha,
y en medio de su tristeza
volvió el pobre la cabeza,

y mirándome relincha,
   diciendo, "Botija, adiós,
que, pues llevo amo segundo,
si no es en el otro mundo
no nos veremos los dos."
MARTÍN: ¿El bagaje lleva el moro?
BOTIJA: Sí, y el Cid le va siguiendo.
   ¿No oyes la grita y estruendo?
MARTÍN: Y mi Sancha, a quien adoro,
     ¿va cautiva?
BOTIJA: Y mi rocín
llevado de los cabellos.
   ¡Ah, perros! ¡Martín, a ellos!
   ¡Démosles un San Martín!
MARTÍN: No tiene amor quien espera,
   mi Sancha, vuestra prisión.
BOTIJA: Librádmele, San Antón,
   y os daré un rocín de cera.

     Vanse. Tocan al arma y dase la batalla.
  Después de algunas salidas, sale MARTÍN acuchillando
        a AMETE y CALÍN

MARTÍN: No lograréis los despojos,
   perros, que del real lleváis.
AMETE: ¡Favor, Alá!
MARTÍN: ¿Tembláis?
   Mientras no vieren mis ojos
    a Sancha, que es la luz de ellos,
   no ha de quedar moro a vida.
CALÍN: Oye.
MARTÍN: ¡Ay, Sancha querida!
   ¿Qué he de hacer si vivo en ellos?

   Vanse. Sale un MORO acuchillando a BOTIJA, armado a
         lo gracioso

BOTIJA: ¡Ay, que me matan, Martín!

            ¡Ah, Martín Peláez! Señor,
            este moro esgrimidor
            tras llevarme mi rocín
               me quiere matar.
MORO: ¡Ah, perro!
BOTIJA: MARTÍNico, ¿por qué no me vales,
            que galgos me matan a tus umbrales?
MORO: No huyas.
BOTIJA: Haga allá el hierro,
               señor moro, así se vea
            regidor de su lugar,
            o si es que sabe cantar
            misa, cante allá en su aldea.
MORO: Muerte he de darte.
BOTIJA: ¿Quién? ¿Él?
MORO: Yo te tengo de acabar.
BOTIJA: ¿Y si queda irregular
            descolgado de un cordel?
               Que nueso alcalde, por Dios,
            si de matarme se huelga,
            como perdices los cuelga
            del rollo, de dos en dos.
MORO: ¡Ea!
BOTIJA: No hay por qué matarme,
            que ya me muero de miedo.
MORO: ¡Ah, cobarde!
BOTIJA: Estése quedo;
            ¿no ve que puede lisiarme?
               ¡Válgame Dios, y qué extraño
            y qué porfiado está!
MORO: ¡Ea, perro!
BOTIJA: Acabe ya;
            ¿ha de durar esto un año?
               ¡Ah, Martín, que están matando
            a tu Botija! Ven presto,
            dame un confesor.

                        Sale MARTÍN

MARTÍN: ¿Qué es esto?
        ¿Qué tienes?
BOTIJA: Aquí andan dando,
        sin haberle hecho mal,
        este moro de esta tarde
        en sacudirme.
MARTÍN: ¡Ah, cobarde!
        ¿Es más de uno? ¿No es tu igual?
BOTIJA: ¿No ves que tira el perrazo
        como un trueno? Belcebú
        le espere.
MARTÍN: Tírale tú
        otro, pues tienes buen brazo.
          Haz cuenta que al pie de un roble
        con el hacha vas a darle
        golpes hasta derribarle,
        que yo tuve miedo doble,
          y empezando a pelear
        les perdí todo el temor.
        Gente es sin fuerza y valor.
        Mira, así es como has de darle.

                    Dale

MORO: ¡Ay, Mahoma, que me han muerto!
MARTÍN: Dale, llega, dale así.
BOTIJA: Estéseme quedo aquí
        y verá cómo le acierto.

                    Dale

MORO: ¡Ay!
BOTIJA: ¡Matéle!
MARTÍN: ¿No lo ves?
BOTIJA: ¡Pardiez; que se murió presto!
        ¿Esto es matar moros?
MARTÍN: Esto.
BOTIJA: Déjeme con ellos, pues,

que yo les daré una mano
que se espante quien me viere.
MARTÍN: Ven.
BOTIJA: Tan fácilmente muere
un moro como un cristiano.

*Vanse. Salen ÁLVAR Fáñez y
ORDOÑO*

ÁLVAR: Entróse el moro en Valencia
con la presa que robó;
sólo la gente dejó
que iba cautiva.
ORDOÑO: Prudencia
digna de desgracia tal.

Sale el CID

CID: ¿Una vez sola que falto
os vais todos al asalto
y dejáis sin guarda el real?
   En vosotros mismos hoy
tendréis el justo escarmiento.
Llevado os ha el bastimento
y hacienda; contento estoy
   de que padezcáis la pena,
pues todos estáis culpados;
de pelear venís cansados,
y el moro os lleva la cena.
   No tengo que os castigar,
por mí el moro os da el castigo,
pues, como si fuera amigo,
le habéis dado de cenar.
   Él vuestra locura enfrene,
que, mientras comiendo está,
yo apostaré que dirá
que el que no guarda no cene.

Vase

ORDOÑO:	El Cid nos corrió y se fue.
ÁLVAR:	Y con sobrada razón.
	¡No fuera en esta ocasión
	más temprano!
ORDOÑO:	¿Para qué?
ÁLVAR:	Para escalar ese muro
	y quitarle de la mesa,
	como harpía, vida y presa,
	que el moro goza seguro.
	No tenga en mis venas yo
	sangre noble y castellana
	si no vengare mañana
	lo que hoy el moro causó.
	Que restaurando la afrenta
	que del Cid a sufrir llego,
	cenara, y yo hiciera luego
	sin la huéspeda la cuenta.
ORDOÑO:	O yo perderé la vida,
	o mañana en el asalto,
	de sangre y de vida falto,
	seré del moro homicida.
	.... [-é]
	En la ciudad y en las puertas,
	dándolas al Cid abiertas,
	su agravio satisfaré.
	Verá el moro si le cuesta
	tan barato el robo.
ÁLVAR:	Vamos,
	que si esta noche ayunamos
	mañana será la fiesta.

Vanse. Sale MARTÍN Peláez

MARTÍN:	¿Sancha cautiva y vivo el que la adora
	¿Cómo pareceré, cielo, en presencia
	del gran Rodrigo y de su gente toda,
	o sin mi Sancha y él sin su Valencia?

Cubierto vengo de la sangre mora,
que sin poder hacerme resistencia
el claro acero de mis armas mancha.
Mas ¿qué importa, si vuelvo sin mi Sancha?

Sale el CID

CID: Martín, ¡vivo vos! ¿Se atreve
a asaltar el real el moro
sin que vuestro valor pruebe?
¿Vos consentís que el tesoro
y el bastimento se lleve,
 y no le quitáis la presa,
ni a que os venguéis os provoca?
Yo sé cuando, en cierta empresa,
con el bocado en la boca,
os hice alzar de la mesa
 donde mi gente comía,
y vos, de aquesto afrentado,
comprastes desde aquel día
tan caro cada bocado,
que un moro el menor valía.
 Desde entonces, bien segura
pensé yo tener con vos
mi mesa y vuestra ventura.
Juntos comimos los dos
en más de una coyuntura;
 convidado vengo a ser
vuestro agora. De cenar
me dad, si os di de comer,
y si no halláis que me dar,
el moro os podrá vender
 lo que el descuido le ha dado
de mis soldados seguros,
pues mientras mi campo armado
desmantelaba sus muros,
mi mesa ha desmantelado.
 Ea, a cenar con vos vengo,
siendo vuestro capitán.

        ¿Tenéis que darme?
MARTÍN: Sí tengo;
    en este árbol hay un pan
    con que mi valor mantengo.

*Saca del tronco de un árbol un pan y una
servilleta*

    Cuando, por ser yo cobarde,
con la servilleta puesta
y el pan hicistes alarde
de lo que la fama cuesta,
y yo volví, aunque tarde,
    prudentemente avisado
por vuestro castigo, en él
faltando el primer bocado,
puse el pan en el laurel
que hasta aquí me lo ha guardado.
    Desde entonces, cada día
que alarma el tambor tocaba,
si temor en mí sentía,
el pan del laurel sacaba
y mirándole decía,
    "Esfuerzo mi valor tome,
Martín, aunque el miedo os dome
de ver la espantosa lid,
porque en la mesa del Cid
quien no lo gana no come."
    Y de esta suerte el valor
he adquirido que te di;
pues podré afirmar, señor,
que el pan que con vos comí
le gané con mi sudor.
    Con él agora os regalo.
Tomadle, que os aseguro
que al plato mejor le igualo,
y si os pareciere duro,
a buen hambre no hay pan malo.
    Mas diréis, según colijo,

que si a secas os le dan,
escaso banquete elijo,
y que no sólo de pan
vive el hombre. Dios lo dijo.
    Mas, por que no lo digáis
tened, el mío Cid, paciencia,
que si un poco esperáis,
yo os buscaré en Valencia
cosa con que lo comáis.

CID: Martín Peláez, oye, espera;
el Cid te manda que aguardes.
¡Ah, buen español! ¡Pluguiera
a Dios que de estos cobardes
mil mi ejército tuviera!
    ¡Oh, pan sabroso, el mejor
que ha sustentado mi casa!
La honra os dio harina en flor,
con sangre mora os amasa
y en el horno del valor
    os cuece el atrevimiento.
Hoy, mis nobles castellanos,
haceros banquete intento.
Martín restauró en mis manos
el robado bastimento.
    A un pan somos convidados
que es fuerza que bien os sepa;
venid a comer, soldados,
porque, aunque a bocado os quepa,
valen mucho estos bocados.
    Convidados de Martín
somos; hacedle favor,
que aunque es pan principio y fin,
amigos, pan y valor
no es pan a secas, en fin.
    Y vos, Martín, a quien dan
renombre inmortal, decid

que aunque es vuestro capitán,
os podéis preciar que el Cid
ha comido vuestro pan.
Sale BOTIJA de moro gracioso y SANCHA de cautivo

BOTIJA: Sancha, si estáis cautivada,
acá estamos todos.
SANCHA: Pues
¿qué traje es éste?
BOTIJA: ¿Os agrada?
SANCHA: ¿Eres moro?
BOTIJA: Por un mes.
SANCHA: Como mozo de soldada.
    ¿Dónde vais de esta manera?
    ¿Dónde dejas a Martín?
BOTIJA: Él libertaros espera,
yo vo a ver a mi rocín,
porque sin él no me muera.
    Mas si de aquestos galgazos
quiere excusar los pesares,
libraránle estos dos brazos,
él tirándolos a pares,
yo dando a nones porrazos.
    Desde que aprendí a matar
moros, no les tengo miedo.
SANCHA: ¡Siempre de humor has de estar!
BOTIJA: Sin mi rocín, ¿cómo puedo,
Sancha mía, sosegar?
    Mas, ¿cómo os va a vos, decí,
después que estáis cautivada?
SANCHA: Trújome el rey moro así,
y en fe que de mí se agrada
se quiere servir de mí.
BOTIJA: Pues ¿sabe que eres mujer?
SANCHA: En reputación estoy
de hombre.
BOTIJA: ¿Y muestra placer
en veros?

SANCHA: Dice que soy
          un ángel.
BOTIJA: De Lucifer.
            No tenga después el Papa
          que absolver.
SANCHA: ¡Donoso estás!
BOTIJA: Si mi amo no os escapa,
          echaos una chapa atrás
          y seréis mujer de chapa.
SANCHA: Sólo quiere que de paje
          le sirva.
BOTIJA: Si en vos repara
          y os desconoce en el traje,
          habladle cara con cara,
          que a traición no es buen lenguaje;
            que si Martín desde hoy más
          sabe esto y pasa adelante,
          tendrá celos a un compás
          de Álvar Fáñez por delante
          y del moro por detrás.
SANCHA: Anda, necio, en estos baños
          que están fuera de Valencia,
          aunque a sus muros extraños,
          pueden en cualquier violencia
          asegurarnos de daños.
            El rey servirle me manda
          y agora a bañarse viene.
BOTIJA: Si Martín en tal demanda
          de aquesto noticia tiene,
          llevará el rey una tanda...
SANCHA: ¡Buena flema y necedad
          es la tuya! El rey es éste.
BOTIJA: Pues, Sancha, disimulad
          quien sois, porque no nos cueste
          triunfo el decir la verdad.

SANCHA: Que te escondas es mejor,
          no sepa el rey que has entrado
          aquí, que es lugar vedado.
BOTIJA: Aunque ya perdí el temor,

me quiero esconder por ti,
y en requebrándote el galgo
a darle dos cabes salgo
de los más lindos que vi.

ABENÁMAR: ¡Sancho!
SANCHA: ¡Señor!
ABENÁMAR: ¿Estás solo?
SANCHA: Solo ha rato que te espero.
ABENÁMAR: Solo yo también te quiero
    más que a Dafne quiso Apolo.
BOTIJA: (¡Oste putol que os chamuscan, **Aparte**
    moro, si en mi tierra os cogen.
ABENÁMAR: Mis palabras no te enojen
    que lo que piensas no buscan.
     Yo he sabido con certeza
    que eres mujer.
BOTIJA: (Por ahí, vaya.) **Aparte**
SANCHA: ¡Yo mujer! No habrá quien haya
    dicho tal.
ABENÁMAR: Esa belleza
    lo está diciendo a voces,
    y el alma que es adivina,
    en fe que a tu amor se inclina
    quiere que mi reino goces.
     De mi esposa tendrás nombre;
    mira que por ti estoy loco;
    dame...
SANCHA: Señor, poco a poco,
    que soy cristiano y soy hombre,
     y puesto que estoy cautivo
    tengo valor castellano.
ABENÁMAR: El encubrirte es en vano,
    y advierte que si recibo
     desdén, en pago de amarte
    harás que otro medio elija.
BOTIJA: (El perrazo se embotija,   **Aparte**

y aunque estoy en buena parte
    escondido, a pocas veces
que ladre, iré en su socorro,
y haráme que andando al morro
le dé un pan como unas nueces.)
ABENÁMAR: Cristiana, dame esos brazos;
mi amor paga aquesta vez.
SANCHA: ¡Vive Dios, si descortés
fueres, que te hago pedazos!
    Mal sabes, moro, el valor
que a estimar mi ley me esfuerza.
ABENÁMAR: ¡Crüel, ingrata, por fuerza
has de dar fruto a mi amor!

Vanse

BOTIJA: Tras ella voy en su ayuda.
    Galguito, si andáis salido
aguardad; mas ¿qué ruido
en miedo mi ánimo muda?

Sale MARTÍN Peláez

MARTÍN: Subí al muro por la pica,
que si es honroso el trabajo,
el más soberbio es más bajo.
La ciudad se comunica
    con estos baños y huertas,
que, aunque fuera de ella están,
los que aquí vienen y van
en sus muros tienen puerta.
    De noche es ya; podrá ser
que obligado del calor,
por resistirle mejor,
querrá el rey ahora hacer
    en sus baños asistencia,
y que mi suerte sea tal
que, si él ha ganado el real,

que le gane yo a Valencia.
   Al ejército he avisado
que, en viendo en los muros fuego,
a lo alto acuda luego.
El Cid es mi convidado;
   si por principio de cena
a Valencia le presento,
convite le hago opulento.
Ea, pues, noche serena,
   a costa de estos paganos
dame para él esta presa;
ve que le dejo en la mesa
y con el pan en las manos
   Mas ¿con quién he tropezado?

Tropiega con BOTIJA

   ¿Quién está aquí?
BOTIJA: (De esta vez   **Aparte**
me juntan haz con envés
si me hallan en lo vedado.)
MARTÍN: ¿Quién es?
BOTIJA: (Eso no. ¡Mal haya **Aparte**
quien en esto me metió!
MARTÍN: ¿Quién es?
BOTIJA: ¿No ve que soy yo?
MARTÍN: ¿Quién?
BOTIJA: Un moro de Vizcaya
que ando en busca de un rocín...
MARTÍN: Si ser posible pudiera,
que era Botija dijera.
BOTIJA: (No dirán son que es Martín   **Aparte**
mi amo, en la voz; quizá
a buscar a Sancha vino.)
MARTÍN: ¿Quién sois?
BOTIJA: Moro vizcaíno.
MARTÍN: Eso no, que no hay allá
moros; todos son hidalgos.
¿Quién sois?

BOTIJA: Porque no me aflija,
          yo soy el moro Botija,
          que, andando a caza de galgos,
            siendo liebre, represento
          agora un mundo al revés.
MARTÍN: ¡Botija!
BOTIJA: ¿Mi Martín es?
          Loco me vuelve el contento.
MARTÍN.   Cautivo debes estar.
BOTIJA: ¿Yo cautivo? ¡Malos años!
MARTÍN: Pues ¿quién te trujo a estos baños?
BOTIJA: Mi rocín vengo a buscar
            injerto en moro, y a vos
          Sancha os debe de traer;
          pero si la queréis ver,
          daos prisa, pues, par Dios,
            que el rey, sabiendo que es hembra,
          por la huerta va tras ella,
          que quiere probar si en ella
          un par de MARTÍNes siembra.
MARTÍN: ¿Qué dices, loco? ¿Está aquí
          el rey moro?
BOTIJA: Requebrando
          a Sancha, que renegando
          de sus amores la vi.
            Huye de él como una gama
          y si os la agarra, por Dios,
          que os nazcan de dos en dos
          y el moro os sople la dama.
MARTÍN: Mi ventura me ha traído
          a tan dichosa ocasión.
          Luces en el muro pon,
          pues a tal tiempo has venido
            que en los baños hallarás
          lumbre con que el Cid acuda
          y venga a darnos ayuda.
BOTIJA: Pues, tú, señor, ¿dónde vas?
MARTÍN: A dar a Sancha favor,
          muerte al descuidado Rey,
          Valencia al Cid y a mi ley

y fin dichoso a mi amor.
    Todo el campo está avisado,
y sólo espera del fuego
la señal.
BOTIJA: Voy por el fuego,
pues tú el temor me has quitado.
    Sólo el rocín me da pena.
MARTÍN: Hoy mi esfuerzo al Cid dará
a Valencia, y no dirá
que ha tenido mala cena.

Vase. Salen SANCHA y ABENÁMAR

ABENÁMAR: ¿De qué te sirve, crüel,
a mi firme amor huir,
si no te has de convertir
como la ninfa en laurel?
Escarmienta, ingrata, en él,
y la fe con que te adoro
estima.
SANCHA: No hay fe en un moro;
déjame.
ABENÁMAR: Mal dejará
la mesa el que hambriento está,
y el que es avaro el tesoro.
SANCHA: Que soy castellano advierte,
y que la sangre española
que me anima basta sola
a librarme, y darte muerte.
ABENÁMAR: Dámela, y sea de suerte
que a morir venga a tus brazos.
SANCHA: Será haciéndote pedazos.

Tómala las manos

ABENÁMAR: A ser descortés comienzo,
por ver si tu rigor venzo,
viniendo con él a brazos.

SANCHA: Indignamente eres hombre,
               pues, sin intentarlo el bruto,
               por fuerza apetece el fruto
               de amor.
ABENÁMAR: Eso no te asombre.
SANCHA: Ah, Martín Peláez...

MARTÍN: Mi nombre
               escucho.
SANCHA: ...a estar vos aquí
               no me afrentaran así
               infieles brazos.
MARTÍN: Sí, estoy,
               Sancha. Vuestro Martín soy.
ABENÁMAR: Pero, ¿quién te metió aquí?
MARTÍN: Soy tu muerte; para ella,
               moro, no hay puerta cerrada,
               que va, cobarde, en mi espada
               que a mi Sancha has de ir por ella.
ABENÁMAR: ¡Mahoma! ¿Cómo atropella
               al rey de Valencia así
               solo un hombre?
MARTÍN: Viene en mi
               todo un mundo de valor.
ABENÁMAR: ¿Eres infierno?
MARTÍN: De amor.
ABENÁMAR: Ayuda, moros aquí.

Vanse los dos. Sale BOTIJA

BOTIJA: Con lengua de fuego llama
               la ocasión a nuestra gente.
SANCHA: ¡Ay Martín Peláez, valiente!
               Bien pagará quien bien ama.
               ¿Botija?
BOTIJA: ¿No ves la llama

que a nuestro ejército avisa?
No escuchas tocar aprisa
a rebato?
SANCHA: Sí.
BOTIJA: El Cid viene;
ea, que mañana tiene
de oir en Valencia misa.

Cajas, y dice el rey moro ABENÁMAR dentro

ABENÁMAR: Alarma, moros, que el Cid
asalta los baños reales.
BOTIJA: Almoneda de almanfales
tengo de hacer
ABENÁMAR: Acudid,
y al cristiano resistid,
si para él hay resistencia.
BOTIJA: Remuérdeme la conciencia,
Sancha. Escóndete, que voy
a matar dos perros.
SANCHA: Hoy
gana Martín a Valencia.

Vanse. Dice dentro ORDOÑO y ÁLVAR
Fáñez. Luego salne acuchillándose con dos
MOROS

ORDOÑO: ¡Vitoria! que los pendones
del Cid guarnecen los muros
de Valencia, y ya seguros
la asaltan sus escuadrones.
TODOS: ¡Vitoria!
ÁLVAR: Gracias a Dios,
deseos, que estáis cumplidos.
MORO 1:   Muertos, sí; mas no vencidos
nos has de ver a los dos.
ÁLVAR: ¿Sabéis quién soy?
MORO 2:   Bien sabemos

que eres Álvar Fáñez.

ÁLVAR: Pues
    ¿cómo no ponéis mis pies
    en vuestros cuellos, blasfemos?
MORO 1:   Porque vivir sin Valencia
    es vivir vida afrentada.
ÁLVAR: Quebrádoseme ha la espada.
MORO 2:   Morirás sin resistencia.
        En ti podemos vengar
    parte del mal que recibe
    del Cid nuestra nación.
ÁLVAR: Vive
    en mí, valor singular
        que más que la espada vale,
    y cuando muera, al fin muero
    vencedor.

Sale MARTÍN Peláez

MARTÍN: Ea, Cid, hoy quiero
    darte un convite que iguale
        al precio de esta ciudad.
    Mas ¿qué es lo que miro, cielos?
    ¿No es la causa da mis celos
    con quien tengo enemistad
        éste que está sin espada
    y muerte dos moros dan?
    Hoy mis agravios verán
    que la nobleza heredada
        se sabe vengar aquí.
    ¡Ea, Álvar Fáñez, a ellos!
    Ya huyen, para vencellos
    amigo tenéis en mi,

Huyen los MOROS

            y mientras se aposesiona
            de Valencia el Cid, hagamos,
            pues solos y A tiempo estamos,
            nuestro desafío.
ÁLVAR: Perdona,
            que con quien me dio la vida
            yo no he de tener pendencia.
MARTÍN: El Cid ha entrado en Valencia
            y el moro va de vencida.
                La respuesta es excusada,
            haz la batalla conmigo,
            pues aquel moro enemigo,
            se ha dejado aquí la espada.
ÁLVAR: Martín, cuando yo quisiera
            a tu Sancha con exceso,
            pues la vida, te confieso,
            que me has dado, te la diera.
                Yo no he de reñir contigo,
            matarme puedes si quieres.
MARTÍN: Cortesano, Álvar, eres;
            desde hoy quiero ser tu amigo.
                Mas, oye que la presencia
            del Cid nos sale a alegrar.
ÁLVAR: Entra, Martín, a triunfar
            pues le has ganado a Valencia.

*Salen el CID y PAYO Peláez con
acompañamiento*

CID: Martín Peláez, bien cumplís
            vuestra palabra y promesa;
            ya podéis alzar el pan,
            pues me habéis dado tal cena.
            Venturosa cobardía
            para todos fue la vuestra;
            pero el sol que sale tarde
            mejor alumbra y más quema.
            Dadme vuestros brazos.

MARTÍN: Señor,
         en otro plato quisiera
         daros por postre a Granada
         como por ante a Valencia.
CID: Como vos, Martín Peláez,
         viváis, que me veré en ella
         por dueño. Hablá a vuestro padre.
MARTÍN: Vengáis, señor, norabuena;
         dadme a besar vuestros pies,
         que es lo que mi alma desea.

BOTIJA: Danos a besar tus pies.
         Sancha, tu dama, es aquesta
         que, temerosa de haber
         dado causa a tu celera...
         ....
CID: La historia sé, y con licencia
         de mi buen Payo Peláez,
         Sancha vuestra esposa sea.
         Yo la doto en una villa
         y en un barrio de Valencia.
PAYO: Yo de padre le doy brazos.
MARTÍN: Yo el alma que vive en ella.
SANCHA: Yo os beso, señor, las manos,
         y me alegro de ser vuestra.
BOTIJA: Yo pido que me den algo.
MARTÍN: Yo enriqueceré tu hacienda;
         vamos, y os veré tomar
         posesión.
CID: Valencia es vuestra.
MARTÍN: No, sino vuestra, Rodrigo,
         que la ganáis y desea
         ser hoy Valencia del Cid.

CID: Y este nombre es bien que tenga;
            llamaráse de esa suerte.
MARTÍN: Y tendremos suerte buena
            si esta historia os satisface,
            perdonando faltas nuestras.

FIN DE LA COMEDIA